Mes parents sont gentils mais...

TELLEMENT MENTEURS !

Catalogage avant publication de Bibliothèque et Archives Canada

Gratton, Andrée-Anne, 1956-

　　Mes parents sont gentils mais... tellement menteurs!

　　Pour les jeunes de 10 ans et plus.

　　ISBN 978-2-89591-040-4

　　I. Rousseau, May, 1957- . II. Titre.

PS8563.R379M45 2007　　　　jC843'.54　　　　　　　C2006-942317-2
PS9563.R379M45 2007

Correction et révision : Christine Deschênes

Tous droits réservés
Dépôts légaux : 1er trimestre 2007
Bibliothèque nationale du Québec
Bibliothèque nationale du Canada

ISBN 978-2-89591-040-4

© 2007 Les éditions FouLire inc.
4339, rue des Bécassines
Québec (Québec) G1G 1V5
CANADA
Téléphone : (418) 628-4029
Sans frais depuis l'Amérique du Nord : 1 877 628-4029
Télécopie : (418) 628-4801
info@foulire.com

Les éditions FouLire remercient la Société de développement des entreprises culturelles du Québec (SODEC) pour son aide à l'édition et à la promotion.

Gouvernement du Québec – Programme de crédit d'impôt pour l'édition de livres – gestion SODEC.

Les éditions FouLire remercient également le Conseil des Arts du Canada de l'aide accordée à leur programme de publication.

100%

Imprimé avec de l'encre végétale sur du papier Rolland Enviro 100, contenant 100% de fibres recyclées postconsommation, certifié Éco-Logo, procédé sans chlore et fabriqué à partir d'énergie biogaz.

IMPRIMÉ AU CANADA/PRINTED IN CANADA

ANDRÉE-ANNE GRATTON

Mes parents sont gentils mais...

TELLEMENT MENTEURS !

Illustrations
May Rousseau

Roman

À Daniel Jaros

Ahoy!

Prologue

De : Julie Ste-Marie [julielapro@courrier.com]
À : Mathilde Rivière
Cc :
Objet : Gentils mais…

Allô Mathilde,

Je suis très contente d'avoir une correspondante en France. J'aimerais aller visiter ton pays un jour. En attendant, c'est amusant de comparer nos vies, nos familles, nos amis, nos écoles. J'espère qu'on continuera à s'écrire longtemps. ;-)

Dans ton dernier courriel, tu me demandes si mes parents sont gentils. Oui, ils sont gentils, mais si tu savais à quel point ils peuvent être menteurs ! Je dois te dire que moi, j'utilisais parfois de petits mensonges « stratégiques ». De ceux qu'on invente pour se faciliter la vie… Par exemple, pour répondre aux questions telles que : « As-tu fait tes devoirs ? » Ou pour s'évader en douce au moment de vider le lave-vaisselle : « Je dois étudier pour mon examen de maths demain ! » Pour les parents, les examens passent avant tout ! Il m'arrivait aussi de traficoter la réalité pour qu'ils acceptent d'acheter des choses in-dis-pen-sa-bles (ils sont du genre à ne pas comprendre pourquoi il faut, à un moment donné, acheter un ordinateur plus performant !).

Mais le mois dernier, un événement incroyable m'a fait découvrir que mes parents étaient les champions toutes catégories dans l'art de mentir. De quoi faire sauter un polygraphe ! J'en ai conclu que cet art était inscrit dans nos gènes ! Du coup, j'ai décidé de stopper la transmission de ce talent familial. Imagine si, un jour, mes enfants disaient de moi : « Ma mère est gentille, mais tellement menteuse ! »

Bon, pour que tu comprennes bien ce que je veux dire, je te relate l'histoire de A à Z, telle que je l'ai vécue. Tu n'as qu'à ouvrir le fichier joint. Bonne lecture !

À bientôt ;-)))

Julie

P.-S. Et toi, est-ce que tes parents sont gentils ?

C:\Julie\Mes documents\Menteurs

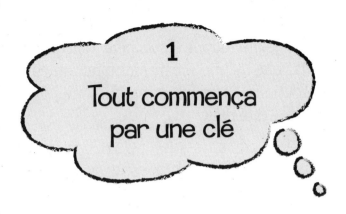

1
Tout commença par une clé

C'est la chance de ma vie! Je m'en vais à la Foire Techno-Pro, la plus grande exposition annuelle d'ordinateurs et d'inventions de toutes sortes en technologie de pointe! Et qui m'a invitée? Mon meilleur ami: le beau... euh... le super gentil et super calé Jean-Phil. Depuis le début de l'année, on passe beaucoup de temps ensemble, surtout parce qu'on est tous les deux passionnés des ordinateurs.

Première étape: obtenir l'autorisation de mes parents.

– Jean-Philippe et son père m'invitent à la Foire Techno-Pro de Montréal samedi prochain. Dis ouiii, papa, dis ouiii, dis ouiii, s'il te plaît!

– Je ne sais pas pourquoi, j'ai l'impression que mon refus serait mal accepté.

– Papa!

– Bien sûr que oui, Julie! approuve-t-il finalement.

Christian, le père de mon ami, possède LE magasin de matériel électronique en ville. Jean-Philippe est chanceux! Moi, mes parents sont des artistes. Rien à voir avec la technologie. Vincent, mon père, est potier et Nathalie, ma mère, est artiste-peintre.

– Papa, il faudra que tu me donnes de l'argent pour l'entrée.

– D'accord. Combien?

– Cinq dollars, je crois.

Deuxième étape : continuer sur la voie « monétaire » pour demander une *petite* faveur à mon père.

– Euh... tu devrais profiter de cette exposition archi-complète en matériel archi-sophistiqué pour acheter la toute dernière clé USB.

– Une clé ?

– Oui, une clé. En fait, c'est une mémoire.

– Julie, moi, ma mémoire, elle loge dans ma tête.

Mes parents sont complètement et désespérément ignorants. Ils sont sûrement les derniers spécimens d'humains à penser que la mémoire ne se trouve qu'à l'intérieur de la boîte crânienne !

– Voyons, la mémoire existe aussi dans les ordinateurs !

– Alors pourquoi as-tu besoin d'une clé ? Je ne te suis plus !

Je pousse un soupir deuxième degré. J'ai trois sortes de soupirs pour mes parents. Le soupir premier degré veut dire : « Bon, je vais prendre la peine de t'expliquer. » Le soupir deuxième degré signifie : « Je vais te l'expliquer, même si je ne suis pas certaine que tu vas comprendre. » Quant à mon soupir troisième degré, c'est : « Crois-moi sur parole car, même si je te l'expliquais, tu ne comprendrais rien. » Donc, soupir deuxième degré…

– Maintenant, on peut trans-por-ter la mémoire.

Je sépare les syllabes, comme on le fait avec les petits, pour accroître ses chances de compréhension. Je poursuis l'explication :

– Regarde : une clé USB pas plus grosse que ça peut contenir 4 Go de mémoire.

– Écoute, Julie, ton charabia ne me dit rien.

J'en étais sûre! Je peux même deviner ce qu'il va me dire ensuite.

– Je me fie à toi, comme d'habitude. Ça coûte combien, cette clé USA?

– Pas USA, papa! U-S-B! Je crois que ça vaut quelque chose comme… euh… autour de… euh… environ 100 dollars.

– QUOI? 100 dollars pour une si petite chose?

– Mais papa, en technologie, plus c'est petit, plus c'est cher! Tu devrais le savoir, depuis le temps.

– Ma belle pro adorée, ton artiste de père ne saisit pas grand-chose dans ce domaine. Je me contente d'être un bon potier. Je n'ai pas besoin de tant de mémoire pour être un bon potier! Je n'ai qu'à me rappeler où j'ai mis mes outils, ma terre et mes glaçures! Pour le reste, je laisse faire mes mains. Elles ont leur propre mémoire quand vient le temps de tourner une pièce.

– Ne te fâche pas! Une clé USB va nous permettre de retarder le moment où on devra changer d'ordinateur.

La conversation vient de prendre un tournant à 90 degrés, car une nouvelle information est venue brouiller l'esprit de décision de mon cher papa. D'ailleurs, son rituel gestuel me le prouve bien. Comment décrire ce rituel? Disons que mon père utilise quatre zones de sa tête pour réfléchir. Lorsqu'il frotte le dessus de son crâne avec l'index et le majeur, cela signifie: «J'y pense.» S'il descend vers son nez et le frotte à plusieurs reprises, on peut traduire par: «Une chose m'échappe.» Sa main s'ouvre pour caresser ses mâchoires: «C'est sérieux.» Finalement, si en plus il pétrit son lobe d'oreille, c'est qu'il avoue: «Je suis dépassé.»

À ce moment-ci du dialogue, il en est aux mâchoires.

– Mais pourquoi changer d'ordinateur? Ça ne fait pas deux ans que j'ai acheté celui qu'on a!

Soupir premier degré. Un ordinateur de deux ans, c'est un dinosaure!

– Papa, deux ans, ce n'est peut-être pas long pour un tour de potier dont l'unique tâche dans la vie est de tourner dans le même sens jusqu'à la fin des siècles. Mais pour un ordinateur qui n'arrête pas de travailler avec son cerveau...

– Son cerveau?! Là, tu exagères!

– Bon, son disque dur, d'abord. C'est la même chose. Et la clé est une aubaine quand on pense qu'un ordinateur de poche me... euh... te coûterait 800 dollars!

Cet argument était peut-être de trop. Mais je profite de la seconde où il vacille entre «Tu me prends pour un guichet automatique?» et «Explique-moi ton raisonnement». D'un geste énergique, je place mes cheveux derrière mes oreilles.

– En plus – et ça, ce n'est pas négligeable, comme tu le sais, mon adorable-papa-que-j'aime-plus-que-mon-ordinateur –, je pourrai sûrement profiter des rabais qu'obtient Christian en tant que propriétaire d'un commerce.

Complètement sonné! Étape du rituel: lobe d'oreille.

– Bon, bon, j'en parlerai à Christian lorsqu'il viendra te chercher.

Bingo! Exactement la phrase que je voulais entendre! Mon père déteste avoir l'air ignorant devant Christian. Je le comprends: je suis pareille avec Jean-Philippe. Je soupçonne donc qu'il finira par accepter cet achat in-dis-pen-sa-ble sans poser trop de questions !

Samedi matin. Je guette l'arrivée de Jean-Philippe et de Christian dans la fenêtre du salon tout en caressant Noisette, ma chatte. Les voici !

Mon ami porte son chandail bleu ciel. Celui qui rend ses yeux bleus encore plus bleus. Souvent, les gens nous demandent si nous sommes frère et sœur, parce que nous avons la même couleur de cheveux – châtains – et les mêmes reflets blonds. La dernière chose au monde que je voudrais, c'est que Jean-Phil soit mon frère...

Christian et mon père se serrent la main.

– C'est gentil, Christian, d'emmener ma puce.

Je déteste quand mon père m'appelle «ma puce» en public. Surtout qu'il ne fait pas référence à la technologie, plutôt à la bestiole! Mais il se rachète quand il aborde lui-même le sujet qui me tient à cœur.

– Euh… Christian, Julie m'a suggéré d'acheter une clé…

– USB! j'ajoute précipitamment avant qu'il gaffe en disant USA.

– Ah oui? Tu as besoin de combien de mémoire?

– Eh bien…

Mon père se tourne vers moi. Je viens à sa rescousse sans hésiter.

– 4 Go, ce serait bien.

– Vincent, tu choisis effectivement le bon moment pour acheter le matériel qui te manque; je l'inclurai dans mes achats pour le magasin et tu ne paieras que la moitié du prix.

– Vraiment?

– Aucun problème! Pour la clé, as-tu une marque préférée?

– Bof… Je te fais confiance.

Un peu à l'écart, j'initie la «prise des auriculaires» que je fais avec Jean-Philippe quand un de nous réussit un bon coup. Nous croisons les petits doigts pendant quelques secondes et nous nous lançons un clin d'œil.

2
Je ne suis pas menteuse!

J'aime voyager dans l'auto de Christian. Pour écouter de la musique, il branche son lecteur MP3. Dans la vieille fourgonnette de mes parents, il n'y a qu'un lecteur de CD et, en plus, on ne peut en insérer qu'un seul à la fois. On est tellement arriérés!

Assis derrière, mon ami et moi pouvons parler pendant que Christian fredonne.

– Mes parents ne connaissent rien! C'est à peine s'ils sont capables de brancher un fil dans une prise de courant!

– Quand même! rétorque Jean-Philippe.

– Puisque je te le dis! Quand ils ont acheté un nouveau four à micro-ondes, ils n'étaient même pas capables de mettre l'horloge à l'heure. Quand mon père a utilisé son appareil photo numérique pour la première fois, il ne comprenait pas qu'il pouvait prendre plus de 24 poses. Quand ma mère veut enregistrer une émission, quelle pro appelle-t-elle à l'aide? La pro Julie!

– Au moins, tes parents ne passent pas leur temps à te faire des sermons sur les dangers d'Internet pour les jeunes ou sur les problèmes de surdité causés par les écouteurs de mauvaise qualité!

– C'est vrai. Et quand j'utilise mes mensonges stratégiques, c'est dans la catégorie «achats technos» qu'ils passent le mieux.

– Des mensonges?!

– Oh! je ne suis pas menteuse! (Ouf! que va-t-il penser de moi?) C'est juste que, lorsque c'est pour une bonne cause, je maquille un peu la réalité.

– Moi, mon père est trop calé en techno. Il retrouve toujours les traces des pages que j'ai visitées sur Internet, même quand je pense les avoir effacées. Et c'est pire depuis que ma mère est repartie en Angleterre. On dirait que mon père s'est donné comme mission de me surveiller 24 heures par jour!

– T'ennuies-tu de ta mère?

– Ouais. Mais je vais aller passer mes vacances d'été avec elle, me répond Jean-Philippe avec des étoiles dans les yeux.

C'est la première fois que j'ose lui poser une question sur sa mère depuis que ses parents ont divorcé, il y a un an. Mon ami vit maintenant seul avec son père. Sa mère, une Anglaise, a préféré retourner vivre dans son pays d'origine.

Pour le distraire (il doit être triste lorsqu'il pense à sa mère), j'enchaîne avec des anecdotes sur mon talent de men... euh... de stratège! Celui qui nous a valu notre super cellulaire-appareil-photo-lecteur-vidéo et notre imprimante tout-en-un.

– Moi, je n'ai pas à convaincre mon père de rien! conclut Jean-Phil. Il a toujours le modèle le plus récent. Des fois, j'aimerais mieux qu'il ne soit pas aussi connaisseur.

– Es-tu en train de te plaindre, fiston? demande Christian entre deux chansons.

– Non, mais j'explique à Julie à quel point tu peux être énervant parfois! Si j'essaie un nouveau jeu à l'ordi, tu es toujours par-dessus mon épaule avec tes « fais ci », « fais ça », « veux-tu que je te montre comment faire ? »

– C'est plus fort que moi ! Je suis né avec une souris dans la main et un jeu de course virtuel en tête !

– Papa ! Les ordinateurs n'existaient même pas à l'époque où tu es né !

– Tu as bien raison. D'ailleurs, les médecins se demandaient ce que je tenais dans la main !

– Ha, ha, ha !

Jean-Philippe n'apprécie pas les blagues de son père. Moi, j'aimerais bien que mon père ait autant d'humour.

L'exposition est gigantesque ! Nous suivons Christian presque toute la journée mais, pendant près d'une heure, je reste seule avec Jean-Philippe dans le kiosque sur les technologies du futur. Des trucs incroyables y sont exposés!

– Jean-Phil, regarde cette montre-là!

Un représentant s'approche de nous.

– *Hi, kids! Let me show you how it works.*

– Qu'est-ce qu'il a dit? je demande à mon ami.

– Il va nous expliquer comment ça fonctionne.

C'est amusant d'entendre mon ami parler en anglais!

On parcourt les kiosques en profitant des occasions de participer à des concours. Il y a toutes sortes de prix à gagner: des lecteurs MP3, des cartes de mémoire, des ordinateurs... Mais le prix qu'on aimerait le plus gagner, Jean-Philippe et moi, c'est celui de la compagnie Microdur: un stage d'une semaine dans ses bureaux en Californie, aux côtés de l'archi-célèbre président Gilles Bates.

– T'imagines, Jean-Phil: en Californie!

– Ne rêvez pas trop, les enfants! nous prévient Christian. Les compagnies lancent ces concours pour obtenir une liste d'adresses pour leur publicité. Je me demande même parfois si les prix sont réellement remis!

Un employé de Microdur a entendu les propos de Christian.

– Monsieur, je peux vous garantir que, dans le cas de Microdur, les concours sont tout ce qu'il y a de plus honnête. Vous pouvez d'ailleurs consulter la liste des gagnants sur notre site Internet. Pour le concours de la foire, le nom du gagnant sera dévoilé dans deux mois.

Jean-Phil et moi remplissons chacun un coupon et le déposons dans la boîte. Pour nous souhaiter mutuellement bonne chance, rien de mieux que la «prise des auriculaires»!

De retour à la maison, je me lance dans le récit obligé de ma journée à mes parents. Impossible d'y échapper. Je mentionne à quel point j'aimerais gagner le concours de Microdur.

– Est-ce que tu m'accompagnerais, papa?

– Bien sûr. Je rêve d'aller en Californie, mais pas pour les mêmes raisons que toi. Pendant que tu serais rivée à des ordinateurs, moi, j'irais rencontrer de grands maîtres potiers.

Soupir premier degré.

– Regarde la clé USB, papa. Tu as économisé beaucoup d'argent grâce à Christian.

– Moi, j'économise quand je mets de l'argent de côté, pas quand je dépense des dizaines de dollars pour un minuscule objet dont je ne comprends toujours pas la nécessité.

Soupir troisième degré… Je fais dévier la conversation.

– Maman, Jean-Philippe est incroyable ! Il en connaît plus que moi !

– C'est normal, coupe mon père. Christian est dans le métier. Toi, Julie, tu en connais plus que Jean-Philippe sur la poterie !

– Mais ça me donne quoi d'en savoir plus que Jean-Philippe sur la poterie ?

– Lui, qu'est-ce que ça lui donne d'en savoir plus que toi sur les ordinateurs ?

– Ben... euh... il peut... il peut m'impressionner !

– Ah ! Alors, Jean-Philippe t'impressionne ? demande mon père, un sourire moqueur aux lèvres.

– Ben...

– Pourquoi as-tu les joues aussi rouges, tout à coup ? As-tu mangé des fraises ?

– Ah ! Tu m'énerves !

3

Gaspard et Hermione

Un mois après la visite à la Foire Techno-Pro, une catastrophe se produit.

– Papa, Gaspard a un super méga énorme problème !

Gaspard, c'est le nom que j'ai donné à mon ordinateur.

– Est-ce que les ordinateurs servent à autre chose qu'à causer des problèmes ?

– Mais c'est sérieux ! Gaspard a été attaqué par un virus.

– Moi aussi, j'ai attrapé un virus la semaine dernière. Quelques Tylenol, du repos, beaucoup de liquide et on s'en sort!

– C'est pas drôle, papa! Gaspard est sérieusement malade!

– Ah oui? Un virus d'ordinateur, ça se soigne aussi, non?

– Il n'y a pas de médicament! C'est un virus qui ressemble à une grosse grippe… une grippe aviaire! Sauf que dans le cas d'un ordi, on parle de grippe ordi-nerfs.

– Une grippe ordinaire? Alors, ce n'est pas dangereux non plus!

– ORDI-N-E-R-F-S! C'est un virus qui attaque le système nerveux du disque dur. Il fige et puis, plus rien. Et ce n'est pas tout…

Je prends un air très grave et je place mes bouclettes derrière mes oreilles.

– Ce virus peut se transmettre aux humains!

– Ha, ha, ha! Ha, ha, ha! Je sais que tu es plus calée que moi en matière d'électronique, mais ne me prends pas pour une valise, quand même!

– Ça semble ridicule, je te l'accorde, mais j'ai trouvé cette information-là sur un site ultra-secret de la compagnie Microdur.

Index et majeur sur le crâne!

– La valise grossit, Julie! Comment peux-tu avoir accès à un site ultra-secret d'une des plus grandes compagnies du monde?

– C'est grâce à Jean-Philippe. Plutôt, à son pirate de père. Il a un logiciel qui lui permet de trouver des mots de passe des sites de toutes les compagnies. Et même des gouvernements!

– Christian est un honnête homme!

– Ah, mais il n'utilise jamais ce logiciel! C'est Jean-Phil qui m'a montré comment il fonctionne.

Mon père se frotte le nez... Il est drôlement perplexe. Primo, quand je lui parle de logiciel, son esprit devient embrouillé. C'est automatique. Secundo, la notion de mots de passe n'est sûrement pas claire pour lui. Je l'avoue, mon histoire est un peu tirée par les cheveux. La catégorie « pro » du mensonge stratégique! Mon père va-t-il gober cette explication? Continuons pendant que le doute subsiste.

– Et sur ce site, je n'ai pas tout absorbé et digéré parce que c'était écrit en anglais, mais j'ai compris qu'une étude était en cours au sujet de la transmission possible de virus informatiques aux humains. Des cas auraient été rapportés aux États-Unis.

Étape des mâchoires, signe qu'il est sur le point de me croire. Mais il se défend encore, comme un poisson accroché à l'hameçon qui continue à gigoter une fois sorti de l'eau.

– Bien voyons, ma chouette, il ne faut pas croire tout ce que tu lis !

– En tout cas, moi, avec une information comme celle-là, je n'hésiterais pas. Je ne prendrais pas de risques avec mes propres enfants !

À voir la teinte du lobe d'oreille de mon père, je sais que je viens de frapper un coup sûr ! Je me sens un peu coupable, un peu beaucoup même, mais c'est pour une bonne cause.

– Bon, eh bien, faisons-le réparer !

Cette réaction était prévisible venant d'un père nul en techno. Attention ! Voici venu le moment critique de cette discussion... Allons-y doucement : soupir premier degré.

– Pauvre papa ! Faire réparer Gaspard coûterait aussi cher que d'en acheter un nouveau. Et puis, Christian en vend à bon prix…

– Et cette clé US… ABCD que je viens de payer très cher au centimètre carré? Je l'ai achetée pour rien?

– Mais non, mon petit papa d'amour. Je vais continuer à m'en servir pour y copier des fichiers quand je voudrai travailler ailleurs. À moins que tu veuilles m'acheter un portable?

Bon, il ne me reparle pas de valise, mais ses yeux me disent qu'il a son voyage! Je lui donne 48 heures pour qu'il en revienne.

Je me suis trompée. Ce n'est pas 48 heures qu'il a fallu à Vincent-la-valise, mais très exactement 71 heures et 47 minutes. Ce fut long, mais le jeu en valait la chandelle! Mon père a évidemment demandé conseil à Christian. J'adore Christian! On dirait qu'il a pris la décision secrète d'être mon complice! Il est venu à la maison pour examiner Gaspard. Après avoir essayé toutes les manœuvres possibles sur place, il a proposé à mon père d'apporter Gaspard à son magasin pour faire une copie de secours du disque dur avant de tester autre chose. Puis, et c'est là que j'ai eu le goût de lui sauter au cou, il a dit:

– Je vais être franc avec toi, Vincent...

Mon père idolâtre les gens qui commencent leurs phrases ainsi!

– Si on considère le temps que je vais passer à trouver le problème et à le corriger, je me demande si tu ne devrais pas faire le saut pour en acheter un nouveau. Après tout, ça fait plus de deux ans que tu as acheté celui-là!

Mon père a effectivement fait un saut, mais pas celui préconisé par Christian. Un saut qui signifie plutôt: «Je suis le seul à trouver que deux ans, c'est court!?».

J'ai donné le nom d'Hermione au nouvel ordinateur. Chaque fois que mon père en achète un nouveau, je fais comme pour les ouragans: je choisis un nom qui commence par la lettre suivante de l'alphabet, en alternant les noms de garçon et les noms de fille. Je pense déjà au prochain: Isidore? Igor? Ismaël?

Depuis un mois, Hermione et moi filons le parfait bonheur lorsqu'un cri vient troubler notre belle harmonie.

– JULIE!!!

Tornade paternelle à l'horizon! Le grondement provient de la cuisine. J'aurai peut-être besoin de sortir mon arsenal stratégique…

– Julie, peux-tu m'expliquer ÇA?

Quand il dit «ça» – le hurle, plutôt –, il agite le relevé de compte de sa carte de crédit sous mon nez. Il secoue frénétiquement plusieurs pages.

– Qu'est-ce qu'il y a, papa?

Je prends un air angélique, même si j'ai compris ce qui a mis mon père dans cet état. Je sens que je vais me faire frotter les oreilles (façon de parler, car mon père est très doux, sauf avec ses propres oreilles).

– Il y a qu'une longue liste de frais reliés à Internet est imprimée ici. Sais-tu à combien s'élèvent ces frais?

– Non.

– À très exactement 349 dollars et 48 cents !

– Ah ! C'est pour cette raison que tu cries si fort ?

– Tu trouves peut-être que ce n'est pas une raison suffisante pour crier ?

– Euh... je peux t'expliquer.

– Exactement ce que je t'ai demandé voilà 15 secondes !

Il faut que je pense vite. Je ne croyais pas avoir téléchargé tant de fichiers payants ! Comme j'ai pris soin de faire équiper Hermione d'un disque dur de très grande capacité, je ne me suis pas gênée pour télécharger plein de films, de vidéos, de jeux, de musique...

– Tu sais qu'Hermione est un ordinateur très rapide...

– Hum...

– Quand je télécharge de la musique, une vidéo ou un logiciel, il faut que je sélectionne l'option «ultra-rapide» pour que la vitesse d'entrée soit compatible avec la vitesse du système d'Hermione.

– Je ne comprends pas.

Soupir deuxième degré.

– Si tu achetais un four à cuisson ultra-rapide pour ta poterie, tu ne continuerais pas à utiliser des glaçures qui requièrent des heures de cuisson, n'est-ce pas? Ça ne serait pas logique, hein?

Sur les entrefaites, ma mère se pointe dans la cuisine.

– Je vous ai entendu parler de four. Je crois qu'il faudra changer le nôtre bientôt: il ne cuit plus aussi bien qu'avant.

Pauvre maman! Elle arrive à un bien mauvais moment avec son histoire de nouveau four.

– Nathalie, ça attendra! lui répond papa sans donner de raison.

– Bon, eh bien, quand il ne fonctionnera plus, on se contentera de sushis! rétorque-t-elle en repartant aussi vite.

Ma mère adore les sushis. Elle aimerait qu'on partage ce goût, mais c'est peine perdue. Moi, je réussis à en manger un peu, mais mon père commande une pizza dès qu'il voit le sac de riz japonais.

Je croyais profiter de cette diversion pour quitter la cuisine, mais mon père revient à la charge.

– Julie, je ne veux plus retrouver de frais sur mon relevé de carte de crédit. Au fait, comment as-tu réussi à obtenir mon numéro de carte? Tu as fouillé dans mon porte-monnaie?

– Mais non, papa! Tu ne te souviens pas? Quand tu as acheté l'ordi, Christian t'a demandé si tu voulais mémoriser ton numéro de carte de crédit sur les sites où on risquait de faire des achats. Et tu as accepté.

– Et maintenant, tout le monde a accès à mon numéro de carte?

– Non, il est protégé par un mot de passe. Et...

– Et?

– Euh... c'est moi qui avais choisi le mot de passe.

– Nous allons casser cette mauvaise décision tout de suite! proclame mon père en me montrant la direction de l'ordinateur.

Coup de chance: à ce moment précis, ma mère revient près de nous avec le téléphone à la main.

– Vincent, c'est ton frère Bertrand. Il veut fignoler les détails pour ses chiens.

Mon oncle a deux gros labradors noirs. Je me demande quelle est la raison de son appel, mais je mets un bâillon sur ma curiosité. L'occasion est trop belle de mettre un terme à cette discussion orageuse.

TONNERRE !

4

Une blague...
virtuelle

Deux jours après la crise «carte de crédit» de mon père, je reviens de l'école en toute hâte. Mon prof m'a rappelé que je devais remettre un travail sur Léonard de Vinci le lendemain matin. Je cours à l'ordinateur. Il est déjà allumé! Pourtant, dans cette maison, qui d'autre que moi s'approche d'Hermione?

Flûte à bec! Qu'est-ce que... C'est étrange, le visage de mon père apparaît à l'écran!

– Bonjour, Julie!

– P... p... papa ?!

– Ma fille, j'ai une grande nouvelle à t'annoncer. Imagine-toi que je suis un des premiers à vivre une grande aventure futuriste, celle des parents virels... euh... virtuals... euh... virtuels !

– QUOI ?

– Des parents virtuels, ma Julie ! Plus besoin de vrais parents en chair et en os. Un papa sur écran haute résolution, c'est l'avenir !

Je ris comme une dingue ! Je me demande bien qui a concocté cette blague pour lui.

– Tu es où au juste ? Devant la webcam de ton frère ? Chez Christian ?

– Euh... je me suis peut-être mal exprimé. Je ne peux t'expliquer comment, mais j'ai plongé au cœur d'une expérience incroyable, une double vie inimagi...

– Tu es dans un magasin?

– Non. J'ai été téléchargé dans l'univers viral... euh... virtual... Voyons! j'ai de la difficulté avec ce mot-là! Virtuel, bon!

Maintenant, je suis pliée en quatre! Je ris tellement que j'en pleure. Cette blague surpasse toutes celles que Christian peut inventer.

– Excuse-moi, papa, mais jusqu'à hier, tu ne savais même pas ce que signifie «télécharger».

Sur le même ton posé, mon père répond:

– Tu as raison mais, dans ce nouvel univers, j'apprends très vite. Enfin... Quand on m'explique les choses assez longtemps, je réussis à comprendre.

– C'est qui, «on»?

– Eh bien, ce sont les gestionnaires du site Internet à partir duquel je suis arrivé ici.

J'opte pour jouer le jeu ; mon père finira bien par être à court de mensonges.

– Et comment as-tu fait pour te retrouver là ?

– Tu sais que je n'utilise pas souvent l'ordinateur. Mais ce matin, je désirais obtenir une information sur le Salon des métiers d'art. Or, je ne trouvais pas le numéro de téléphone. Je me suis dit : « Fais un homme moderne de toi et utilise Internet. » J'ai commencé ma recherche, et sans trop savoir comment – tu sais à quel point j'étais nul –, je me suis retrouvé sur un site qui s'appelle *Parents à distance*, ou quelque chose comme ça... Quand j'ai constaté que je m'étais trompé, j'ai essayé de sortir de là. Une fenêtre est apparue qui me demandait : « Prêt à vous télécharger ? »

– « Prêt à télécharger », tu veux dire.

– Non, non. C'était bien «Prêt à VOUS télécharger?». J'avais le choix entre «Oui» et «Annuler». J'ai cliqué plusieurs fois sur «Annuler», mais la fenêtre revenait constamment. J'ai finalement cliqué sur «Oui», et je me suis retrouvé dans un autre monde.

Mon père me regarde comme s'il venait d'affirmer que «2 plus 2 égale 3» devant une assemblée de mathématiciens.

– Tu penses que je vais gober ton histoire?

– Gober quoi, ma chérie? Tu crois que j'aurais pu inventer ces détails-là? Tu devrais être contente! Ton père participe à une expérience qui va révolutionner la science! Plus que la science: la vie!

C'est vrai que l'état d'ignorance dans lequel mes parents nagent en matière de technologies les rend inaptes à broder une histoire aussi abracadabrante. À propos, où est ma mère?

– Maman!

Je vais à sa recherche. Destination numéro un: son atelier, où elle est peut-être en pleine phase d'inspiration.

Mon instinct de fille d'artiste ne m'a pas trompée.

– Maman, où est papa?

– Il n'est pas dans la maison?

– Non.

– Ah... Il est peut-être allé faire des achats pour son atelier.

– Moi, je crois plutôt qu'il s'amuse à me jouer un tour.

– Ah bon… Je range mes pinceaux et je vais préparer le souper. Tu veux m'aider ? J'espère que Vincent va rentrer bientôt ; il m'avait promis qu'il cuisinerait un dessert exquis.

– Désolée pour l'aide-cuistot, mais je dois terminer un travail à l'ordi.

En tout cas, ma mère ne semble pas être au courant des facéties de mon père.

De retour devant l'ordinateur, je constate que nous devrons nous passer de dessert exquis !

– Allô, ma puce !

– Papa, cesse de m'appeler comme ça ! Tu devras retourner dans ton univers virtuel parce que j'ai un travail d'école à remettre demain.

– D'accord, ma belle ! Euh… as-tu parlé à ta mère ?

– Oui, elle bossait encore dans son atelier.

– L'as-tu prévenue de mon escapade?

– Pour qu'elle pense que je fais 40 degrés de fièvre? Tu rêves!

– Il faudra que tu lui expliques. Je lui avais promis un bon dessert pour ce soir. Malheureusement, je ne sais pas encore s'il est possible de déviral... dévia... zut! d'envoyer de la nourriture d'ici!

– C'est très drôle, papa, mais j'ai vraiment besoin de travailler. Ciao!

– À plus...

Clic! Au revoir, papa virtuel! Et à nous deux, Léonard de Vinci! Je me demande si dans sa caboche de génie il avait pensé à inventer les ordinateurs.

Une heure plus tard, je vais retrouver ma mère dans la cuisine.

– Julie, je suis un peu inquiète. Ton père n'est pas rentré. Même Noisette s'en fait. Regarde : elle tourne en rond !

– Je te l'ai dit : il est en train de me jouer un tour. Tu n'étais pas au courant ? À moins que... Tu es dans le coup et tu fais semblant de ne rien savoir. C'est ça, hein ?

Je la regarde par en dessous, m'attendant à ce qu'elle se dénonce en éclatant de rire.

– Mais de quoi parles-tu ?

Si ma mère joue la comédie, elle est vraiment douée ! Elle devrait laisser tomber la peinture et se lancer dans une carrière de comédienne. Pour écarter tout soupçon, je vais la confronter à Hermione. Si elle ne pouffe pas de rire en voyant papa, j'admettrai peut-être son innocence.

– Viens, maman. Je vais te montrer à quoi s'amuse papa au lieu de cuisiner le dessert qu'il t'avait promis.

Je l'amène face à l'écran où mon père s'affiche encore.

– Bonjour, mes trésors ! Ah ! je m'ennuie déjà de vous ! Nathalie, Julie t'a expliqué ce qui m'est arrivé ?

– Ju… Ju… Ju… lie ! Qu'est-ce que ça signifie ? Où est ton père ? bredouille ma mère.

Il était tout de même temps qu'elle soit initiée à l'existence des webcams !

– C'est ça, la blague. Papa essaie de me faire croire qu'il est devenu virtuel. Il pense que je vais avaler ça !

Je laisse ma mère discuter avec mon père. Lorsqu'elle revient dans la cuisine, elle est très énervée.

– Il faut appeler la police !

– Maman, calme-toi ! Papa va revenir bientôt, crois-moi.

Mais Vincent-le-parent-virtuel ne se pointe pas du souper. Ni de la soirée. Je vais jeter un coup d'œil à l'écran avant d'aller me coucher.

– Bonsoir, mon poussin ! Dors bien !

– Zut, papa ! Rentre à la maison ! Maman songe à appeler les policiers. Tu imagines à quel point ils riraient de nous ?

Le lendemain matin, ma mère est attablée seule dans la cuisine. Alors que je m'apprête à lui demander à quelle heure papa est revenu, elle me lance :

– Ton père m'a assurée que tu trouverais un moyen de le ramener. Va donc lui parler avant de partir pour l'école.

Bon, la farce se poursuit.

– Allô, poussinette!

Je continue à embarquer dans son jeu. C'est peut-être tout ce qu'il attend.

– Allô, papa virtuel!

– Tu sembles plus calme ce matin.

– Je suis archi-calme. Pour quelle raison je devrais m'énerver?

– Écoute, j'aimerais mieux que tu ne glisses mot de mon aventure à personne.

– Tu croyais que j'allais m'en vanter?

J'ai toujours souhaité que mon père ait davantage le sens de l'humour mais, à bien y penser, je le préfère plus sérieux. Il n'est pas de tout repos quand il se transforme en bouffon.

– Ta mère m'a dit qu'elle voulait appeler les policiers, mais je l'en ai dissuadée. À l'école, n'en parle même pas à ton ami Jean-Philippe.

– Surtout pas à lui ! Ne crains rien.

– Ah ! j'oubliais ! Un service de messagerie viendra vous livrer des badges électroniques aujourd'hui. Ils ont été envoyés du Texas par avion hier soir.

– Des QUOI ?

– Des badges. Tu pourras en porter un sur toi, dans la maison. Lorsque je voudrai te parler, il émettra un signal sonore.

Ma mère arrive dans mon dos.

– Vincent m'a déjà expliqué notre moyen de communication. Génial, n'est-ce pas ?

Mes parents sont cinglés. Menteurs et cinglés! Bon, je n'ai pas le temps de discuter, je vais être en retard à l'école. Ah non! Je rêve! Ma mère donne des bisous à l'écran! J'ai hâte de me retrouver parmi des gens normaux!

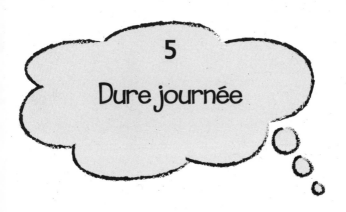

5

Dure journée

– Julie!

– ...

– Julie!

– ...

– Mademoiselle Ste-Marie! Tu es dans la lune aujourd'hui?

– Ah! Excusez-moi. J'étais ailleurs.

– As-tu terminé ton travail sur Léonard de Vinci?

– Oui, le voici.

Je vais le porter sur le bureau de Mélanie.

– As-tu appris des choses intéressantes sur ce grand inventeur ?

– Euh... oui.

– Tu veux les partager avec tes amis ?

– Euh... je ne sais pas...

– Es-tu encore ailleurs ?

– Je suis ici.

– Tu as l'habitude d'être plus « verbomotrice », Julie ! Bon, imagine que tu sois une visionnaire, comme Léonard de Vinci à son époque. Toi qui es très intéressée par les ordinateurs, qu'aimerais-tu inventer dans ce domaine, si tu le pouvais ?

Pourquoi aborde-t-elle ce sujet-là aujourd'hui ? Sait-elle quelque chose ? Je bredouille n'importe quoi. Ma prof soupire. Elle aussi, je crois, a un système de soupirs bien à elle. Celui-là semblait vouloir dire: «Ah, qu'est-ce que j'ai fait pour mériter des élèves aussi endormis?»

– Julie!

Maintenant, c'est Jean-Philippe qui me secoue le bras.

– Qu'est-ce que tu as aujourd'hui? Tu es bizarre!

– Bof, je me suis couchée tard hier.

En descendant pour la pause avant le cours d'informatique, je questionne mon ami. Si mon père a monté son coup avec l'aide de Christian, ce que je soupçonne, Jean-Phil a des chances d'y être mêlé.

– Tu crois qu'un jour une technologie nous permettra de nous transporter ailleurs?

– Comme toi ce matin?

– Ha, ha! Très drôle! Non, par exemple, si en cliquant sur un pays à l'écran on pouvait être transportés là-bas en quelques secondes?

– En chair et en os?

– Oui.

– Tu dérailles! Les ordinateurs ne font pas de magie!

– Tu as raison, je déraille. Mais crois-tu que ce serait possible de créer une machine pour faire disparaître... euh... les gens?

– Dans tes rêves, oui! Julie, est-ce que je pourrais aller chez toi après l'école pour regarder les vidéos que tu as téléchargées?

– NON!

J'ai crié «Non» comme s'il avait la peste! C'est plutôt moi qui me conduis comme une peste.

– Bon, OK, pas besoin de te fâcher.

– Euh… oui… non… enfin, ce n'est pas ce que je voulais dire. Excuse-moi! C'est que… euh… nous avons de la visite : des amis de mes parents.

Voilà que je mens à mon ami! Sûrement la mauvaise influence de mes parents depuis hier…

Sur le palier, entre deux escaliers, la directrice me prend à part. Au lieu de continuer seul, Jean-Philippe m'attend à quelques pas.

– Julie, peux-tu remettre cette note à ton père lorsqu'il reviendra de voyage?

– De… de… voyage?

– Oui. J'ai appelé chez toi ce matin pour parler à ton père de l'atelier de poterie qu'il doit animer pour les jeunes. Ta mère m'a dit qu'il était parti pour quelques jours.

– Euh… oui… euh… c'est pour son travail.

Du coin de l'œil, j'observe Jean-Philippe. Il n'a rien perdu de la conversation. Flûte à bec! Je replace mes bouclettes, mais elles retombent aussitôt.

– Si tu ne veux pas que j'aille chez toi après l'école, dis-le. Pas besoin d'inventer des histoires!

Sans attendre ma réaction, il descend les marches trois par trois. Si ma mère a raconté cette histoire de voyage à la directrice, c'est que mon père n'est pas encore revenu. Qu'est-ce qu'il fabrique? Est-ce que mes parents me cachent quelque chose? Mon père a peut-être été kidnappé! Ou il est hospitalisé?! Oh! C'est pour ça qu'il ne voulait pas que j'en parle!

Dans la cour, je rumine mes pensées dans un coin isolé. Jean-Philippe discute avec Justine et Magaëlle, les deux plus nulles de l'école en informatique. Je ne comprends pas qu'il perde son temps avec ces filles-là!

C'est maintenant ma période préférée de la semaine : initiation à l'informatique. Mais au lieu d'être accueillis par notre prof d'informatique, nous le sommes par Mélanie.

– Les enfants, je suis désolée, mais le cours est annulé aujourd'hui.

– Zut!

– Poche!

– Pourquoi?

– Le réseau fonctionne mal depuis hier après-midi. Il paraît qu'il y a eu surcharge dans le secteur. Le technicien y travaille depuis ce matin, mais il n'a pas encore réussi à résoudre le problème. Nous ne pourrons pas utiliser les postes informatiques jusqu'à nouvel ordre.

Qu'est-ce que cette histoire de surcharge ? Est-ce qu'elle pourrait avoir un lien avec... Voyons, Julie Ste-Marie, réveille ! Tu ne vas tout de même pas croire l'histoire de Vincent-nouveau-parent-virtuel ! Mes parents utilisent ce subterfuge pour me tenir à l'écart de quelque chose, voilà tout ! Mais... si c'était possible ? Et s'il existait une nouvelle technologie dont je ne serais pas encore au courant ? Hum ! Je connais la personne idéale pour me renseigner...

À la fin des cours, mon ami continue à me bouder. Je m'approche de lui.

– Si je te confiais un secret, est-ce que...

Je n'ai pas le temps de terminer ma phrase que Magaëlle l'accroche par le bras.

– Viens, Jean-Philippe, on va jouer au soccer dehors.

Mon ami me regarde, l'air indécis. L'attrait du secret ne semble pas assez fort pour qu'il envoie promener la fatigante de Magaëlle. Tant pis! Moi, je vais rendre visite à Christian.

Parfait! Il est seul dans son magasin.

– Salut, Christian!

– Allô, ma belle Julie. Mon fils n'est pas avec toi?

– Non.

– Alors, qu'est-ce qui t'amène ici?

– J'ai une drôle de question à te poser.

– Vas-y. Moi, les questions drôles, j'aime ça!

– Est-ce que tu as déjà entendu parler de «parents virtuels»?

– Tiens, tu m'étonnes! C'est si nouveau! L'ère des parents du cyberespace est effectivement arrivée. Jusqu'à présent, c'était un secret bien gardé dans l'industrie, mais pas pour longtemps encore. En fait, l'application de cette technologie ne sera pas limitée aux parents. Elle intéressera des enseignants, des banquiers, des médecins… Une vraie révolution!

– Est-ce que Jean-Philippe est au courant?

– Non, je ne crois pas. Penses-tu que je vais lui en parler? Futé comme il est, il trouverait le moyen de m'envoyer dans le cyberespace, ni vu ni connu! Bon, j'exagère un peu, mais toi, comment en as-tu entendu parler?

– Euh… eh bien, j'ai lu un article dans une revue spécialisée.

– Ah oui? Laquelle?

Il est temps de déguerpir!

– Oh! Il est déjà 4 heures! Je dois filer. Merci, Christian! À la prochaine!

Allez, hop! Par ici, la sortie, avant qu'il puisse me poser d'autres questions. J'aurais aimé en apprendre plus, mais Christian a tout de même répondu à LA question. Je suis surprise au plus haut point! Comment se fait-il que je n'aie jamais vu la moindre information à ce sujet? Et comment mon père, qui ne connaît rien aux technologies, a-t-il pu se retrouver au cœur des premières expériences? C'est à n'y rien comprendre. Il semble si sûr de lui à l'écran! Il ne fait même pas son rituel gestuel…

Je pousse une roche du pied jusqu'à la maison. Ce défoulement m'aide à réfléchir. «Allez, la roche, dis-moi si cette histoire est une blague ou non!» Évidemment, elle ne me répond pas, la nulle! Mais si ce n'est pas une blague, que va-t-il arriver à notre famille?

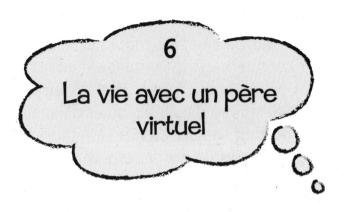

6

La vie avec un père virtuel

Ma mère m'accueille, tout excitée.

– Julie, nous avons reçu les badges!

Elle me montre les minuscules appareils que nous devrons attacher par une pince à nos vêtements. Sceptique, je demande:

– Ils ont été livrés dans une boîte?

– Oui. La tienne est sur le comptoir, près du frigo.

Je procède aussitôt au contrôle de la boîte. Elle est pleine de crottes en styromousse. J'en examine l'extérieur. L'expéditeur est la compagnie Virtual People inc. du Texas. Des timbres américains sont collés là où ils doivent l'être. Tout semble bien réel. Il faudra que j'aille voir le site de cette entreprise sur Internet.

– Julie, as-tu bien mis ton badge? Je vais avertir ton père pour qu'il fasse un essai.

Après quelques minutes d'attente, un bip-bip-bip-bip me fait sursauter. Flûte à bec! Il n'y a pas de volume sur ce bidule? J'accours à l'ordinateur.

– Allô, ma belle pu-puce! Tu as entendu le signal?

– Difficile de le manquer!

– As-tu passé une bonne journée à l'école?

– Eh bien, j'ai appris que mon père est en voyage, je me suis brouillée avec mon meilleur ami, qui risque, devant mon attitude bizarre, de devenir l'ami des nulles de Justine et de Magaëlle, les ordis de l'école ont sauté... À part ça, oui, j'ai eu une très bonne journée.

– Ma pauvre Julie, j'aimerais bien être là pour pouvoir te serrer dans mes bras. Je suis désolé des ennuis que ma nouvelle vie t'occasionne. Au moins, avec le badge, nous serons en communication, le temps...

– Le temps?

– Eh bien, le temps que je trouve comment revenir!

– Mais OÙ es-tu?

– Quelque part dans le cyberespace près de... de... de New York, je crois.

– Alors, prends l'avion! Un *cyberavion*, ça doit bien exister!

– Tu n'y penses pas, Julie! Je ne peux pas abandonner l'expérience ainsi. Ils ne me laisseraient jamais partir!

– Mais je vais appeler la police, la CIA, le FBI, n'importe qui pour te sortir de là! Maman, dis quelque chose!

– Du calme, Julie. Du calme. Ton père n'est quand même pas prisonnier. Moi, je commence à prendre goût à lui donner des bisous virtuels.

– Dégueu! L'écran est plein de bave.

– Julie! Mon absence physique ne te permet pas d'être impolie avec ta mère!

DRING!

Ouf! Le téléphone.

– Je vais répondre! je crie aussitôt pour m'évader de la discussion *cyberfamiliale*.

C'est Jean-Philippe.

– Tu sais, quand tu m'as parlé d'un secret...

– Oui.

– Eh bien, si jamais tu me le disais, je te jure que...

Bip-bip-bip-bip...

– C'est quoi, ce bruit-là ? interroge mon ami plutôt que de terminer sa phrase.

– Euh... c'est rien ! Je vais te rappeler, OK ?

Je cours voir mon père.

– Quoi, encore ? Vas-tu me *bipper* aux deux secondes ? !

– Excuse-moi, Julie. Je t'ai dérangée ?

– Oui ! J'étais au téléphone en train d'écouter la tentative de réconciliation du seul gars de l'école qui a de l'allure !

– Ah, excuse-moi. Les parents virtuels sont parfois malhabiles. Tu pourrais aller chercher Noisette ? Je m'ennuie d'elle.

– C'est pour cette raison que tu m'as *bip-bippée* ?

– Mais non. J'aimerais te demander un petit service.

– Lequel ?

– Comme je suis parti assez précipitamment, tout est resté en plan dans mon atelier. Je voudrais que tu ailles nettoyer mon tour.

– Je déteste cette corvée, tu le sais bien !

– Oui, mais… tu me rendrais tellement service.

Mon père a l'air triste. Il doit se sentir seul sans nous. Je me sens égoïste tout à coup.

– Bon, bon, je vais le faire.

Ouache! Je déteste nettoyer un atelier d'artiste. La terre a séché sur le tour. Je prends un bac d'eau et, à l'aide d'une éponge, je nettoie la plaque. Bon, ce n'est pas parfait, mais je trouve que ça suffit. En me relevant, le bac dans les mains, je frappe le coin d'une table en me retournant trop brusquement. Flûte à bec! La moitié de l'eau sale jaillit sur moi! Je reste sans réagir quelques secondes tant je suis sidérée. Puis, je ressens un mélange de rage et de tristesse. Je ne comprends plus rien. Si le progrès a vraiment permis l'ère des parents virtuels, alors je déteste les ordinateurs.

– Julie, comment as-tu fait pour te salir ainsi? me demande ma mère quand je remonte du sous-sol.

– C'est parce que je suis au service de mon cher papa virtuel! Je suis sa nouvelle bo-bonne. Je file sous la douche et, en passant, je lance tous mes vêtements dans la laveuse!

– N'oublie pas d'enlever ton badge avant.

Et si je le laissais sur mon chandail? Une fois dans l'eau, il ferait glou-glou dans les oreilles de mon père... Hum... Je suis une trop bonne *puce* pour ruiner un bidule électronique. Oh!... Je pense à un truc tout à coup. Et si mes parents étaient plutôt en train de se séparer? Ils ont peut-être planifié cette mise en scène pour me passer leur séparation en douce. Mais... si c'était le cas, auraient-ils pris la peine de faire envoyer des badges du Texas? Et ma mère donnerait-elle des bisous à mon père sur l'écran?

Bip-bip-bip-bip... Je ne peux même pas prendre ma douche tranquille !

– Vraiment, papa, tu pourrais prendre des pauses, des fois !

– Excuse-moi, mais j'ai une bonne nouvelle : je me suis informé de la procédure à suivre pour revenir à la maison.

– Enfin !

– J'ai noté l'information sur un papier. Tu dois trouver un câble coduplextransfoaxial.

– Répète, s'il te plaît ! Un câble *comment* ?

– Co... duplex... transfoaxial.

– Ah... Et ça mange quoi, en hiver, ce serpent-là ?

– Sûrement des puces!

Mon père se trouve drôle. Il doit être plié en deux, car je ne le vois plus à l'écran. Bon, il se redresse.

– Tes tortionnaires ne peuvent pas te le fournir, ce foutu câble?

– Julie! Un peu de respect pour ces grands scientifiques!

– Kidnappeurs de père, tu veux dire!

– Bon, n'exagère pas. Le câble en question doit être branché à notre ordinateur.

– Bien, ils n'ont qu'à l'envoyer par la poste, comme les badges!

– Selon ce que j'ai pu comprendre, ils ne fabriquent pas ce câble. Ce serait même une compagnie québécoise qui le fabriquerait. Je te suggère donc d'aller voir Christian demain. Tu trouveras probablement ce câble dans son magasin.

– Bon, je vais voir ce que je peux faire.

– Un petit bisou, mon petit loup?

– Papa, qu'est-ce qui se passe? Tu me caches quelque chose! Cherches-tu seulement à étirer le temps avec cette histoire de câble? Tu peux me le dire, je ne suis plus un bébé. Oh! C'est quoi, ce bruit? On dirait un tigre en furie!

– Euh... c'est la télé. Ne t'en fais pas, Julie. Tout va bien. Va voir Christian demain.

Il a l'air mal à l'aise. Rien pour me rassurer! Mon imagination fertile, celle qui me sert à mettre au point mes mensonges stratégiques, me joue-t-elle des tours? S'il était question de maladie ou de séparation, mon père ne me ferait pas faire cette démarche, quand même! Je dois me rendre à l'évidence: mon père est vraiment devenu virtuel.

7

Tellement menteurs!

Je ne pensais pas que je pouvais passer une journée pire que celle d'hier. Pourtant, je me trompais. D'abord, j'ai demandé à ma mère de m'écrire une note afin que j'aie la permission d'aller voir Christian sur l'heure du midi. Elle a refusé. N'a-t-elle pas hâte de revoir mon père? Ensuite, Jean-Philippe m'a apostrophée à la porte de l'école :

– Hé! Tu ne m'as pas rappelé hier?

Flûte! J'avais complètement oublié.

– Oh! désolée! J'ai dû aider mon père...

– Ton père? Il n'est pas en voyage? Tu es vraiment, vraiment bizarre ces jours-ci.

Je ne trouve pas les mots pour lui répondre. Ce n'est pas toujours facile de réparer un mensonge! Il a l'air déçu.

Après l'école, je rends visite à Christian. Dans la porte de son magasin, une affiche indique: «De retour dans 15 minutes». Je décide d'aller porter mon sac chez nous et de revenir plus tard.

Arrivée dans la cuisine, sans savoir pourquoi, je me mets à pleurer dans les bras de ma mère.

– Voyons, ma grande, qu'est-ce qui se passe? me demande-t-elle en me serrant contre elle.

– Tout va mal depuis que papa est parti.

– Tu t'ennuies de lui?

– Non... Oui... C'est pas ça... Tout va mal à l'école.

– Ah oui ? Ça ne va pas en classe ?

– C'est Jean-Philippe... Je fais gaffe par-dessus gaffe et il ne veut plus me parler.

Je n'arrive pas à retenir mes sanglots, qui tombent en déluge sur le chemisier de ma mère.

– Ah, je vois... Est-ce que ce froid entre vous deux a un rapport avec l'absence de Vincent ?

– Oui, parce qu'il faut que je mente à propos de la disparition de papa. Je m'embrouille dans mes mensonges et Jean-Phil pense que je le niaise.

– Hum... les mensonges... pas faciles à vivre une fois qu'ils sont lancés ! Mais quand cette aventure sera terminée – et j'espère que ce sera très bientôt –, tu pourras expliquer à ton ami ce qui s'est passé. Il va sûrement comprendre, c'est un garçon sensible!

– Oui, mais... mais...

Des sanglots incontrôlables bloquent mes paroles.

– ... mais il aura peut-être pris goût à se tenir avec Justine et Magaëlle!

– Sais-tu ce que je pense?

– Non.

– Je crois que Jean-Philippe a peut-être autant de peine que toi en ce moment. Il ne comprend pas pourquoi tu es différente depuis deux jours, mais il délaissera les autres filles dès qu'il aura retrouvé sa Julie d'avant.

– Merci, maman. Tu es gentille! Oh! As-tu entendu le bruit? Il venait de l'atelier de papa!

Je me précipite dans l'escalier. Ma mère tente de me prévenir:

– Attention! C'est peut-être un voleur!

J'espère plutôt que c'est papa qui est revenu. J'ouvre grand la porte. Pas un chat! Non, ce n'est pas vrai: Noisette est là. Comment a-t-elle fait pour entrer ici? Je ramasse une des grosses cuillères de bois que mon père utilise pour mélanger les glaçures. Pendant que je l'examine comme si elle allait me révéler comment elle s'est retrouvée par terre, ma mère regarde partout d'un air inquiet.

– C'est probablement Noisette qui a fait tomber la cuillère, suggère-t-elle.

– Oui, mais comment la chatte a-t-elle pu entrer ici?

– Euh... grâce à moi. Je suis venue faire... euh... chercher quelque chose ici tantôt.

Elle m'entraîne par le bras.

– Bon, tu vois, il n'y a personne ici. Viens, je vais te préparer une collation. Ensuite, tu pourras retourner chez Christian.

Le magasin est rempli de clients. Christian me demande s'il peut m'aider.

– Euh... est-ce que tu vends, ici, des câbles coduplax ou plex...

– Coduplextransfoaxiaux?

Il a dit ce mot aussi vite que s'il le prononçait à longueur de journée!

– Oui.

– Je ne tiens pas ce genre de matériel ultra-spécialisé, mais je peux le commander.

– Oh oui!

– Viens, je vais regarder dans l'ordinateur. Hum… Voilà… page suivante… ici… Ah! Oh! Il coûte très cher: 1995 dollars.

– QUOI? Mille…

– Oui, 1995 dollars. Après les requins de la finance, voici les piranhas de l'électronique! Excuse-moi, Julie, je dois m'occuper de cette dame. Mets-toi en état de veille, je te reviens dans quelques minutes.

Je n'attends pas. Je retourne à la maison complètement découragée. J'annonce la nouvelle à ma mère. Elle est aussi consternée que moi.

– Mais, Julie, le nouvel ordinateur a coûté tellement cher! Nous n'avons plus d'argent. Et il y a eu l'achat du cellulaire, celui de la clé machin-chose, et…

– Voyons, maman, papa est plus important que tous ces trucs-là!

– Alors, que suggères-tu ?

– Eh bien… euh… je ne sais pas… On pourrait retourner l'ordi au magasin ?

– Tu serais prête à faire cette concession ?

– Voyons, maman ! C'est sûr !

– Allons demander à ton père ce qu'il en pense.

– Pas besoin ! Je retourne tout de suite voir Christian !

Je sors de la maison en coup de vent et je vole littéralement jusqu'au magasin. Sans reprendre mon souffle, je pousse la porte. Il n'y a plus personne ! Même Christian n'est pas visible. Il doit être dans l'arrière-boutique. À l'approche du rideau qui sépare les deux pièces, j'entends des voix et des rires. Tiens ! On dirait que Christian est en conversation avec mon père virtuel. Oh non ! Mon père est… est… là, en chair et en os ! Ses paroles font bourdonner mes oreilles.

– Comme Noisette a fait tomber la cuillère, j'ai dû prendre mes jambes à mon cou et sortir par la porte qui donne dans la cour.

– Pauvre Julie ! Tu aurais dû voir son expression quand je lui ai donné le prix du fameux câble. J'étais bourré de remords ! Si tu veux mon avis, Vincent, je crois que la plaisanterie a assez duré. Ta fille a eu sa leçon.

– Ouais, je partage ton opinion.

Aaaaaaaahhhhhhhhhhh ! « Ta fille a eu sa leçon. » Leçon de quoi ? Pourquoi ? Et moi qui m'inquiétais !

Je ressors du magasin sans faire de bruit. J'étouffe, je suffoque, j'enrage, j'ai le goût de crier, j'ai le goût de mordre comme un *pit-bull* ! Ah, ils m'ont bien eue ! Mais ça ne se passera pas ainsi, les amis ! Comment ai-je pu croire à cette histoire ? Et ma mère, avec ses airs innocents et ses baisers virtuels, elle était sûrement dans le coup, elle aussi ! Ils sont tellement menteurs ! Comment ont-ils pu mentir à leur propre fille ?

Je ne peux pas retourner tout de suite à la maison. Il faut que je retrouve mes esprits. Que je réfléchisse à la meilleure attitude à prendre. Là, tout de suite, je n'ai qu'une idée en tête : mettre au courant Jean-Philippe. Dire que j'ai mis en jeu notre amitié à cause de cet horrible canular !

Un plan de vengeance prend forme dans ma tête. Jean-Phil pourra m'aider. Je vais de ce pas le lui présenter.

DING ! DONG !

– Salut ! me lance mon ami, visiblement content de me voir.

Ouf ! Je prends confiance.

– Salut ! Je peux entrer ?

– Oui, oui!

Je raconte l'histoire depuis le début. Plus je parle, plus mon ami évite mon regard. Il triture le bas de son chandail. Oh! Ce n'est pas vrai!

– Jean-Phil, regarde-moi dans les yeux.

Il a l'expression de Noisette quand elle sait qu'elle a fait un mauvais coup.

– Pourquoi tu n'arrives pas à fixer ton regard plus de deux secondes?

– Ben... euh...

– Dis-moi que je rêve! Tu étais au courant?

– Euh... ben...

– Tu as désappris à parler ou quoi?

– Je... je...

– Fais des efforts, tu vas y arriver! *Je t'ai fait la plus grosse cachotterie du monde*, c'est ça que tu essaies de formuler?

– Julie, pardonne-moi. Je l'ai appris seulement ce matin.

– Bravo, Jean-Philippe Morin! Tout un ami! Moi, je n'aurais jamais été complice de mon père pour forger une blague pareille. Jamais!

J'ai envie de pleurer, mais je me retiens. Tout le monde s'est ligué contre moi. Mes parents en me contant d'horribles mensonges, Christian en se faisant leur complice, et même mon ami en me cachant la vérité! Je me sens trahie et j'ai mal entre les deux poumons!

– Je n'étais pas complice! Je l'ai appris par hasard, comme toi.

– Tu aurais pu me le dire aussitôt au lieu de continuer à perdre ton temps avec les deux nulles de tu sais qui!

Je boude. Jean-Philippe aussi. Après quelques minutes, je choisis de briser le silence.

– Pour te racheter, espèce de traître, tu vas m'aider.

– T'aider à quoi?

– À prendre ma revanche.

– D'accord.

Je ne boude plus, mais je suis encore à moitié fâchée. L'autre moitié souhaiterait que Jean-Phil me prenne l'auriculaire. Ai-je fait de la télépathie? Mon ami rompt le malaise.

– Euh... Julie?

– Quoi?

– J'ai une révélation à te faire.

Mon cœur bat un peu plus vite soudainement...

– Ah oui? Une révélation?

– Magaëlle et Justine me tapent sur les nerfs.

Un immense rire jaillit de ma gorge! En quelques secondes, je retrouve ma bonne humeur et ma complicité avec Jean-Phil. Nos petits doigts se réconcilient aussi!

8

Lis, LIS, LIS!

Tout en lissant mes cheveux derrière mes oreilles, j'expose mon plan à Jean-Phil.

– Je vais faire croire à mes parents que j'ai gagné le concours Microdur de la Foire Techno-Pro.

– Comment?

– Puisque tu es bilingue, c'est toi qui vas traduire la lettre m'annonçant que j'ai gagné le voyage en Californie.

– Tu ne trouves pas que c'est un peu gros comme mensonge?

– Un peu gros? Mon père et le tien, ce n'est pas gros ce qu'ils ont conçu? Moi, mes mensonges ne sont que stratégiques. Eux, c'est… c'est… un VRAI mensonge! S'il te plaît, installe-toi, je vais te dicter le texte.

– Bon, d'accord.

Je commence.

– «Chère mademoiselle Julie Ste-Marie…»

– Tu veux vraiment écrire «Chère»?

– Euh… fais comme tu veux. Je continue: «Nous avons le plaisir de vous annoncer que vous avez gagné le grand prix du concours… M. Gilles Bates vous accueillera pour une semaine. Nous vous enverrons les billets d'avion dès que le parent qui vous accompagnera aura signé la lettre jointe. Veuillez nous retourner la lettre signée d'ici le 16 mai.»

– Le 16 mai? Mais c'est dans trois jours!

– Voilà! Je sais très bien que ma mère ne pourra pas venir avec moi. Son exposition annuelle débute bientôt et elle doit tout préparer. Donc, c'est mon père qui devra m'accompagner. Et s'il veut signer la lettre, il devra revenir!

– Il faudra d'abord qu'il croie que tu as gagné le concours!

– On va lui forger un message qui aura l'air encore plus vrai que s'il venait de la compagnie. Fie-toi à moi! D'abord, réglons une chose importante: est-ce que je peux rester à souper ici?

– Pas de problèmes. Mon père travaille ce soir, alors c'est ma grand-mère qui vient préparer le repas.

– C'est parfait! Je vais appeler ma mère.

Je lui raconte que j'ai rencontré mon ami en me rendant au magasin de Christian et qu'il m'a rappelé que nous avions un travail d'anglais à remettre lundi. Ce n'est pas tout à fait faux, car nous allons travailler en anglais… Puis, je lui dis que je parlerai de l'ordinateur à Christian à son retour du magasin.

Mon ami traduit la lettre que j'ai rédigée. Sur le site de la compagnie Microdur, je copie leur logo et je le place comme en-tête sur ma lettre. Puis, nous créons une adresse de courriel. L'envoi de la lettre par la poste serait trop compliqué : il faudrait une enveloppe, des timbres américains et le tampon de la poste. L'expédition par courriel est beaucoup plus sûre !

Nous prenons quelques minutes de répit pour déguster les fantastiques pâtes à la saucisse italienne de la grand-mère de Jean-Phil. Puis, retour au boulot ! Nous terminons tout juste avant que Christian revienne, à 9 heures. D'un clic de souris, la missive est partie… vers ma boîte de réception !

– Bonjour, Julie. Je ne savais pas que tu étais ici, dit Christian en me voyant.

– Oui, Jean-Phil m'a invitée à souper. On avait des devoirs à faire ensemble et on a décidé de s'en débarrasser pour la fin de semaine.

– C'est très bien ! Tu veux que j'aille te reconduire chez toi maintenant ?

– Oh oui ! Merci.

Dans la voiture, Christian me parle de ma visite à son magasin cet après-midi.

– Tu es partie bien vite ! Pourquoi as-tu besoin de ce câble ?

Ah, ce qu'il est hypocrite ! Bon, à mon tour de jouer la comédie.

– Christian, je... je vais te confier un secret de famille.

– Ah bon?

– Oui. Tu sais, quand je suis allée à ton magasin pour te parler des parents virtuels?

– Oui.

Je lui raconte l'aventure que nous vivons en ce moment à la maison, comme si j'y croyais totalement et comme si j'ignorais qu'il sait tout, qu'il est le grand manitou techno derrière ce coup monté.

Il pousse des «Ho!» d'étonnement à chacune de mes phrases. Lui aussi est bon comédien. Tous ensemble, nous pourrions fonder la troupe *Les joyeux menteurs*!

Je continue:

– Je n'arrive toujours pas à comprendre comment mon père a pu se retrouver mêlé à cette expérience.

– Bah… tu connais ton père! Le jour où la technologie est passée, il était à Katmandou!

– Quand même… D'ignorant qu'il était, il est devenu très à l'aise avec le vocabulaire informatique. C'est bizarre, non?

– Euh… il apprend sûrement une foule de choses, là-bas!

– Crois-tu qu'ils vont lui prêter des vêtements pour qu'il puisse se changer?

– Des vê… euh… Ah, tiens! On est arrivés! Je suis bien content que tu sois venue souper avec Jean-Philippe. Dis bonjour à Nathalie de ma part et viens me voir demain.

Hi! Hi! J'ai fait patiner ce cher Christian! Mais il n'a pas très bien réussi son triple axel!

Lorsque ma mère me demande des nouvelles de notre projet de revendre Hermione, je réponds évasivement que Christian tentera plutôt de dénicher un câble moins cher. Puis je prétexte un mal de tête pour m'éclipser aussitôt.

Une heure plus tard, je ne dors toujours pas. Au travers du mur, j'entends ma mère parler au téléphone : « Cesse ce jeu au plus vite, je t'en prie ! Sinon, c'est moi qui lui dirai la vérité. Je n'aime pas voir ma fille se faire manipuler ainsi. Ce n'est plus drôle. »

Je revois dans ma tête les étapes de la *cyberblague*. Pourquoi mes parents m'ont-ils joué ce tour ? Mon père est devenu virtuel deux jours après avoir reçu le relevé de compte... Les fameux frais de téléchargement en seraient-ils la raison ? J'y suis peut-être allée un peu fort sur ces frais... Mais de là à me servir une preuve scientifique de la présence du gène dominant du mensonge dans nos chromosomes !

Dès mon réveil, je me précipite à l'ordinateur. Tiens, mon père n'est pas au poste ce matin !

J'ouvre ma boîte de réception : deux messages non lus. Celui de la compagnie Microdur apparaît à l'écran. Quelle surprise ! Je dois feindre l'étonnement jusqu'au bout ! Ou plutôt, dès le début…

– MAMAN !

Elle se pointe à moitié éveillée, les plis d'oreiller imprimés sur le visage.

– Que se passe-t-il ? Tu m'as fait une de ces peurs !

– Maman, lis ça !

Je lui tends le message que je viens d'imprimer.

– C'est en anglais, Julie !

– Oui, mais ce n'est pas grave. Veux-tu que je te le traduise ? Je ne suis pas très bonne dans la langue de Shakespeare, mais lorsque je reçois de bonnes nouvelles, je deviens polyglotte ! Regarde. À la ligne Objet, c'est écrit *Congratulations* ! Tu sais ce que ça veut dire ? Félicitations ! Et devines-tu pourquoi je reçois des félicitations ?

– Julie, si tu veux que je lise quoi que ce soit en anglais, il me faut d'abord un bon café très fort.

J'agite le papier dans le dos de ma mère, qui se dirige à pas traînants vers la cuisine. Pendant qu'elle prépare le café, j'essaie d'attirer son attention.

– Maman, c'est un courriel de la compagnie Microdur! Tu sais, la grande compagnie qui fabrique des logiciels… Son président est Gilles Bates, l'homme le plus riche du monde…

– Hum, hum…

– Et tu te rappelles, quand je suis revenue de la Foire Techno-Pro, je vous ai raconté, à papa et à toi, que j'avais rempli un coupon pour gagner un stage d'une semaine à la compagnie Microdur pour assister M. Bates?

– Hum, hum…

– Eh bien, es-tu réveillée?

– Attends, je prends une gorgée. Ah! Maintenant, tu peux continuer!

– Lis, maman. Lis, LIS, LIS!

– Julie, calme-toi! *Dear miss Ste-Marie…*

Les yeux de ma mère parcourent le message. Son front passe par toutes les étapes de rides. Des horizontales pour la surprise, des verticales pour le doute et, enfin, un mélange des deux que j'interprète comme «Pas possible! Pas croyable! Je n'en crois pas mes yeux!»

– Ce n'est pas une blague?

– Tu vois comme moi: j'ai gagné! Oh! Je suis tellement contente! Tellement! J'ai compris la phrase qui m'annonce que j'ai gagné, mais qu'est-ce qu'ils disent ensuite?

Ma mère avale d'un trait le reste de sa tasse de café.

– Euh... eh bien, on explique qu'un de tes parents doit t'accompagner. Le parent accompagnateur doit signer la lettre jointe... mais je ne vois pas de lettre...

– Ah oui ! Il y avait un fichier joint au message. Je vais aller l'ouvrir !

Comme un kangourou, je bondis jusqu'à Hermione. Mon père est là !

– Bonjour, Julie. Écoute, j'ai quelque chose à te di...

– Oh, papa ! J'ai une nouvelle extra-ordinaire à t'annoncer, mais je n'ai pas le temps tout de suite. Je dois imprimer quelque chose pour maman. À tantôt !

La lettre à la main, ma mère commence à réaliser ce qui se passe, l'effet de la caféine s'étant rendu à son cerveau.

– Julie, je suis très heureuse pour toi, cependant, je dois te prévenir...

– Ne dis rien, maman, signe !

– Mais je ne pourrai pas t'accompagner là-bas ! Mon exposition annuelle débute bientôt. Je dois faire transporter mes tableaux, superviser leur installation, préparer le vernissage, envoyer les invitations...

– Alors je vais le demander à papa!

Sans attendre sa réponse, le kangourou que je suis ce matin rebondit jusqu'à Hermione. Ma mère m'accompagne – sans imiter mon style kangourou –, une deuxième tasse de café à la main.

– Papa, regarde!

– Je ne vois pas très bien de quoi il s'agit.

Je rejoue la même scène que j'ai jouée à ma mère. Mon père montre des signes d'excitation. Ses yeux brillent, ses narines tremblent.

– Euh... Nathalie, c'est vrai tout ça?

– On dirait bien que oui, acquiesce ma mère en soupirant.

Je ne dois pas lui laisser trop de temps pour réfléchir. Déjà qu'il se frotte le crâne!

– Comme maman ne peut pas venir avec moi, c'est toi qui devras m'accompagner!

– Je ne sais pas...

– Papa, la Californie! Tu rêves depuis tellement longtemps d'aller dans ce pays!

– Julie, la Californie n'est pas un pays. C'est un État des États-Unis. Tu me mets de la pression pour que je revienne au plus vite t'enseigner la géographie de l'Amérique du Nord?

– En tout cas, le plus important est que tu te *dévirtualises* au plus vite.

– Oui, oui, pas de problèmes, ma Julie!

– Mais il y a un problème! Tu oublies qu'on n'a pas le câble pour te ramener!

C'est le rituel en accéléré: nez, barbe naissante et les DEUX lobes d'oreille. Il bégaie des débuts de mots que je ne comprends pas. C'est le temps de sortir l'artillerie lourde! Les armes nucléaires! La bombe atomique!

– Papa, pourquoi es-tu parti? Ça ne pouvait pas tomber plus mal! C'était la chance de ma vie! Je vais être obligée de refuser parce que c'est trop compliqué...

Au visage ahuri qu'arbore mon père, je constate que la bombe produit l'effet voulu! Je continue de plus belle:

– Tiens, je vais répondre tout de suite à M. Bates. J'ouvre ma boîte de messages... Excuse-moi, papa, si je te fais disparaître temporairement. Tu m'entends encore?

– Oui, oui, mais attends…

Justement, je ne peux pas attendre. Il faut profiter de l'effet de surprise pour que l'adversaire n'ait pas le temps de réagir.

– Je clique sur «Répondre» et je tape: «Désolée, mais je ne peux pas accepter mon prix…» Tu crois qu'ils comprendront si j'écris en français?

– Ne fais pas ça! Je vais me dévar… me déver… je vais revenir, je te le promets!

Un vrai cri de supplication!

– Voyons, papa, si c'était possible, tu serais déjà revenu!

– Julie, écoute-moi, je t'en prie. Je te promets que je serai de retour à la maison avant ce soir.

Gagné!

– D'accord. Je te donne jusqu'à midi. Si tu n'as pas réussi à cette heure-là, j'enverrai mon message à M. Bates. Je le mets dans les *Brouillons*. Voilà !

Je me retourne vivement. Ma mère semble se demander comment elle doit agir maintenant. Il faudra que je la surveille ce matin, car elle cherchera sûrement à téléphoner à mon père ou à Christian.

9

Un autre mensonge ?

Jean-Philippe est venu passer la matinée chez moi. Pour suivre le plan de vengeance comme une experte, j'ai dû rejouer la scène de la fille chanceuse qui vient de gagner le concours de ses rêves ! Et lorsque ma mère est à côté de nous, je dois me conduire devant Jean-Phil comme si mon père était parti en voyage, tout simplement. Même un détecteur de mensonge en serait confondu !

Je sais que mon père se trouvait chez son frère ce matin. Comment a-t-il pu croire que je ne reconnaîtrais pas la vieille chemise que mon oncle met pour aller à la chasse? Pas très subtil!

À midi pile, mon père tient parole. Il surgit dans la maison, tel un conquérant revenant d'une bataille épique.

– Papa!

Je me jette à son cou. Je suis tout de même contente de le revoir!

– Salut, ma belle puce! Tu vois, je respecte ma promesse.

– Tu as enlevé la chemise de Bertrand?

– Hein? Quoi?

– Ce matin, tu portais la chemise de ton frère, chez qui tu te terrais depuis mercredi, d'où tu m'envoyais tes sima-grées. Le tigre que j'ai cru entendre, c'étaient sûrement les chiens qui se chamaillaient, hein? Et parfois, tu opérais de chez Christian, n'est-ce pas?

Devant mon bombardement, mon père cherche une réponse qui serait à la hauteur des arguments qu'il m'a lancés depuis deux jours. Bon, dévoilons le secret de la bombe atomique. Je mets le courriel de Microdur sous son nez.

– Regarde, papa! Tu vois cette lettre? Ce message qui t'a fait revenir au galop à la maison?

«Une chose m'échappe», transmet-il d'un geste révélateur.

– Eh bien, j'étais tellement choquée de découvrir tes horribles mensonges que j'ai planifié ce coup avec Jean-Phil!

– Qu'ont-ils de plus horrible que les tiens, mes mensonges?

– Euh... euh...Christian et toi, vous nous avez donné le mauvais exemple!

Je crois que mon ami n'aime pas être associé à ma revanche. Il regarde par terre, comme s'il cherchait des fourmis. Soudain, ma mère éclate de rire. Nous la regardons tous les trois comme si elle avait une maladie étrange. Puis, Jean-Philippe l'imite. Devant tant d'euphorie, mon père et moi leur emboîtons le pas! Quatre rates qui se dilatent!

– Je m'en doutais bien, avoue ma mère.

DRING! DRING!

– Réponds, Jean-Philippe, dit mon père entre deux explosions de rire. C'est sûrement ton père. Je n'ai pas réussi à le joindre ce matin, mais je lui avais laissé le message de m'appeler ici.

Jean-Philippe prend l'appareil. Étrangement, il passe du français à l'anglais. Qui est-ce? Un faux numéro? Mais il discute longtemps pour un faux numéro... Il semble étonné et un tantinet embarrassé. Puis, il me fait signe de lui donner un crayon et un papier. Il note un numéro de téléphone. Après avoir raccroché, il nous regarde tous, les yeux écarquillés.

– Vous ne le croirez pas! Julie a VRAIMENT gagné le concours!

Jean-Philippe s'est sûrement entendu avec son père pour poursuivre la blague. Ont-ils les mêmes gènes de menteurs que nous?

Mes parents secouent la tête.

– Voyons, Jean-Philippe, penses-tu que je vais embarquer dans cette histoire? rigole mon père. Votre plaisanterie était bien montée, mais il y a une limite à ce qu'on peut avaler!

– Vous vous trompez: ce n'est pas une blague, cette fois-ci! Je le jure! Julie a gagné! C'était un représentant de la compagnie Microdur qui appelait de la Californie.

Le visage de mon père commence à virer au rouge fraise, la couleur de son impatience. Mieux vaut intervenir.

– Bien, Jean-Phil, tu nous as fait rire, mais tu peux cesser maintenant.

Christian n'aurait pas pu choisir un meilleur moment pour faire son entrée. On dirait qu'il a commencé à rigoler deux kilomètres avant d'arriver ici!

– Salut, la famille virtuelle!

Mon père lève les bras au ciel.

– Ah! Christian! Tu tombes bien. Ton fils est un bon comédien, mais quand il s'y met, il ne veut plus décrocher!

En quelques minutes, le dernier des complices est mis au courant des plus récents développements. Jean-Philippe essaie de prendre la parole; il agite le bout de papier sur lequel il a noté le numéro de téléphone. Comme personne ne l'écoute, il prend l'appareil et compose le numéro en question.

– Bonjour. Ici Jean-Philippe Morin. J'appelle au sujet du concours de la compagnie Microdur que Julie Ste-Marie a gagné.

– ...

– Oui, je suis le fils de Christian.

– ...

– Oui, il est à côté de moi. Un instant, s'il vous plaît.

Il tend l'appareil à son père. Je commence à trouver moi aussi qu'il pousse un peu trop loin. Mais Christian désigne l'afficheur. On peut y lire : Foire Techno-Pro.

– Allô, dit-il, le front plissé.

– …

– Ah! Salut, Fred! Excuse mon fils, mais…

Il met sa main sur le récepteur et nous informe qu'il s'agit de Fred Bigaouette, un de ses fournisseurs et l'organisateur de la Foire Techno-Pro.

– …

– Ah bon! Tu es sérieux? Oui, oui, Julie est une bonne amie de Jean-Philippe. Ce n'est pas croyable, si tu savais! Elle a vraiment gagné? Si tu voyais l'expression des gens autour de moi!

– …

– Oui, je me trouve justement chez elle en ce moment! Je t'expliquerai. Pour l'instant, je te passe son père, qui semble avoir bien hâte de comprendre ce qui arrive.

Flûte à bec! Tout va vite dans ma tête. J'essaie de démêler les ficelles de cette nouvelle plaisanterie. Bon, la blague du concours venait d'abord de moi. Jean-Philippe m'a aidée. M'aurait-il dénoncée à son père hier soir? Si oui, ils sont peut-être de connivence. Pourtant, c'est bel et bien «Foire Techno-Pro» qui est affiché.

Mes points d'interrogation doivent être évidents, car mon ami me prend les épaules.

– Julie, je te jure que c'est vrai sur la tête de ma mère. Cesse de te poser des questions. On n'est pas en train de te monter un autre bateau.

S'il est prêt à mettre la tête de sa mère en jeu, je veux bien le croire.

– Yououououpppppiiiiiiii! Youppppiiiii! Youppi!

Je saute partout, dans les bras de tout le monde, même ceux de Christian et de... Jean-Phil! Oups! Je me sens un petit peu gênée...

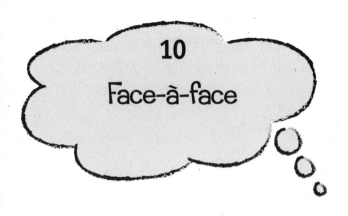

10
Face-à-face

Une fois la fièvre des retrouvailles passée, c'est l'heure des explications chez nous.

– Papa, pourquoi tu m'as fait cette blague?

– Pour te donner la bonne idée d'arrêter de me prendre pour un imbécile.

– Mais, papa! Je ne t'ai jamais pris pour un imbé…

– Tu as la mémoire courte, ma fille! Le virus ordi-nerfs, l'état de compte de 349 dollars…

– OK, j'ai compris. Mais moi, j'utilisais de petits mensonges stratégiques pour obtenir des choses in-dis-pen…

– Julie !

– D'accord, d'accord. Je m'excuuuuse. J'avoue que tu es beaucoup plus indispensable qu'Hermione.

– Et j'ai un plus beau nom ! Laisse-moi te préciser toutefois qu'il n'y a pas de mensonges « stratégiques ». Un mensonge est un mensonge, une stratégie est une stratégie. Je m'en suis bien rendu compte dans cette histoire. Quand mon frère m'a demandé d'aller garder ses deux labradors pendant quelques jours, il n'était pas question de stratagème. Puis, j'ai appelé Christian pour avoir de l'information sur la sécurité des achats par Internet. Une idée de blague a été lancée, et c'est ainsi que tout a commencé. Je dois avouer que j'ai trouvé difficile de te mentir – ta mère aussi –, surtout quand tu manifestais ton inquiétude. Nathalie m'appelait souvent pour me demander de cesser la blague au plus vite. Quand tu es partie en trombe pour proposer à Christian de reprendre l'ordinateur...

– C'est là que je t'ai entendu rire avec lui!

– Ah oui? Eh bien, si tu étais venue plutôt à l'ordinateur, comme ta mère te l'avait suggéré, je t'aurais tout dévoilé à ce moment-là.

Ma mère se glisse dans la conversation.

– Bon, nous avons tous prouvé que nous savons mentir, mais je propose de laisser tomber les stratégies. Je n'ai pas aimé voir Julie vivre dans le doute ainsi et entraîner son ami dans une de ses histoires abracadabrantes.

Mon père approuve de la tête.

– En effet, Jean-Philippe avait l'air plutôt mal à l'aise. Tu l'aimes bien, n'est-ce pas, Julie?

– Euh... oui. Qu'est-ce que tu penses de lui?

– Je le trouve... euh... je le trouve... un peu trop bien pour toi!

– Papa! Stoppe les blagues!

– Bon, d'accord. Si tu me demandes ça, c'est que toi, tu dois le juger un peu beaucoup à ton goût. Je me trompe?

– Il est extra! C'est le gars le plus chouette de l'école. Les autres parlent tout le temps de hockey ou s'échangent des jeux vidéo, mais Jean-Phil et moi, on est sur la même longueur d'onde. Et puis...

– Qu'est-ce que tu allais ajouter?

– Eh bien, quand nos doigts se touchent, je reçois un genre de petit choc électrique.

– Ah oui, les petits chocs électriques... Rien à voir avec Hydro-Québec, mais je connais bien ça.

– Pour de vrai?

– Pour de vrai.

– Ah...

Je ne suis pas sûre que mon père sache vraiment de quoi je parle. Sa jeunesse est tellement loin! Soupir deuxième degré...

– Papa, je pense que j'en veux un peu à Jean-Philippe.

– Pourquoi?

– Tu sais qu'il était au courant de ta blague depuis vendredi matin? Je suis insultée! Quand je pense qu'il a été capable de me mentir, je ressens une petite brûlure ici.

– Hum, je vois… Je ne connais qu'un remède à cette brûlure : une bonne explication, comme celle qu'on aurait dû avoir toi et moi au lieu que je me mette à jouer au père virtuel.

– C'est vrai, pour toi et moi. Mais tu ne veux quand même pas que je me mette à expliquer à Jean-Phil qu'il me cause des trucs bizarres ! Je ne suis pas gênée, mais quand même !

– Je ne te conseille pas de te lancer dans une grande déclaration d'amour ! Profite plutôt d'un moment où vous êtes seuls pour aborder le sujet.

– Penses-tu que je pourrais faire ça… virtuellement, avec l'aide de la webcam ?

– Est-ce qu'un père en chair et en os et un père virtuel, c'est la même chose ?

– Euh…

– Julie, rien ne vaut un face-à-face. Tu pourrais même lui prendre les mains pendant que tu lui parles, question d'ajouter un peu d'électricité à l'affaire!

– Je n'oserai jamais!

– Préfères-tu qu'il pense pendant des mois que tu lui en veux? Parce que si tu continues à ressentir de la rancune envers lui, il te sentira différente. Alors, je te conseille de foncer! Et puis, moi, je te parie que ton ami t'aime bien aussi...

– Qu'est-ce qui te fait croire ça?

– De petits détails qu'un vieux singe comme moi, fin connaisseur des chocs électriques, peut remarquer. La façon qu'il a de se mordre la lèvre quand il te regarde, le fait qu'il mette toujours son chandail bleu qui fait ressortir ses beaux yeux bleus quand il vient ici, son rire juste un petit peu trop long quand tu racontes une blague qui n'est pas vraiment drôle…

– Toi aussi, tu les ris, mes blagues!

– Et moi aussi, je t'aime beaucoup! Tu vois!

– Tu es un vrai pro, quoi!

– Pour les histoires de chocs électriques et de petites brûlures dans le ventre, tu peux te fier à moi. Bon, c'est bien beau tout ça, mais il y a deux gros labradors qui m'attendent!

Il s'en va en sifflant sa chanson préférée: *California dreaming…*

Le lendemain, je vais marcher. À trois coins de rue de chez moi, j'aperçois Jean-Phil au loin. À chaque pas qui me rapproche de lui, je répète dans ma tête:

« Il faut que je lui parle. » Finalement, c'est lui qui prend l'initiative de la discussion.

– M'en veux-tu encore ?

– Je t'en ai voulu un peu, mais… euh… j'aime bien… j'aime trop… euh… ce que je veux dire, c'est que… je n'aimerais pas que… enfin… tu sais que…

Je n'ai jamais autant bafouillé de toute ma vie. Mes mains n'arrêtent pas de placer mes bouclettes derrière mes oreilles.

– Pourquoi es-tu si compliquée aujourd'hui ? En tout cas, moi, je serais malheureux que tu m'en veuilles, parce que je trouve qu'on s'entend bien.

Je rêve ?

– Ah bon ! Ah… Eh bien… c'est ce que j'essayais de t'expliquer.

Jean-Phil me prend l'auriculaire.

Il a gardé son doigt accroché au mien plus longtemps que d'habitude. Beaucoup plus longtemps. Mon père avait raison: rien ne vaut le face-à-face... réel!

Épilogue

De: Mathilde Rivière [Mathilderiv@courrier.com]
À: Julie Ste-Marie
Cc:
Objet: RE: Gentils mais...

Salut Julie,

J'ai eu un peu de difficulté à ouvrir ton fichier, mais mon frère (14 ans et il dit que toutes les filles sont folles de lui!) m'a aidée et nous avons réussi! Par contre, pour le remercier, j'ai dû accepter qu'il lise l'histoire avec moi. Ce qu'on s'est marrés! Tes parents sont fichtrement menteurs! Et toi, alors?

Moi, mes parents n'auraient jamais fait une chose pareille! Ils sont gentils, mais tellement sérieux!

Je te fais la bise (mon frère aussi!)

Mathilde

P.-S. Mon frère est un peu jaloux de Jean-Philippe. Je lui ai dit: «T'es con, tu ne la connais même pas, cette fille!» Il s'appelle Barnabé.

FIN

MOT SUR L'AUTEURE

Andrée-Anne Gratton raconte plein de mensonges «stratégiques»! Par exemple, quand son fils était petit, elle lui disait que le brocoli rendait tannant. Or, tout le monde sait que ce n'est pas le brocoli qui rend tannant, c'est le céleri! Et quand Andrée-Anne rencontre des jeunes dans les écoles, elle leur dit qu'elle est la sœur d'Elvis Gratton! Cela la rend tellement populaire! Du coup, elle se met à chanter… Mais non! il ne faut pas croire tous les mensonges écrits dans ce livre!

Mes parents sont gentils mais...

1. Mes parents sont gentils mais...
   tellement menteurs!
   ANDRÉE-ANNE GRATTON

2. Mes parents sont gentils mais...
   tellement girouettes!
   ANDRÉE POULIN

3. Mes parents sont gentils mais...
   tellement maladroits!
   DIANE BERGERON

4. Mes parents sont gentils mais...
   tellement dépassés!
   DAVID LEMELIN

ILLUSTRATRICE: MAY ROUSSEAU

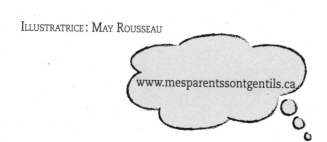

www.mesparentssontgentils.ca

Série Brad

Auteure : Johanne Mercier
Illustrateur : Christian Daigle

1. Le génie de la potiche
2. Le génie fait des vagues
3. Le génie perd la boule
   (printemps 2008)

www.legeniebrad.ca

Le Trio rigolo

AUTEURS ET PERSONNAGES :

JOHANNE MERCIER – LAURENCE

REYNALD CANTIN – YO

HÉLÈNE VACHON – DAPHNÉ

ILLUSTRATRICE : MAY ROUSSEAU

www.triorigolo.ca